Kerokerokeroppi × Essays in Idleness

けろけろけろっぴの『徒然草』

毎日を素敵に変える考え方

はじめに

もっと豊かな暮らしをしたい。
あれもこれも欲しい。
そんなふうに、人が望みを持つのは当たり前。

でも、失うことが怖くなりすぎたり、
満たされなくてイライラしたり、
他人に合わせて疲れたり……。
本当は必要のないものまで
手放せなくなっていませんか。

持ちすぎず、溜めこみすぎない。
いま身近にあることから楽しみと喜びを見つける。

700年前、そんなシンプルな生き方を
実践していた人が日本にいました。兼好法師です。
『徒然草』がまとめられた鎌倉時代末期は、
戦乱の気配ただよう激動の世の中でした。

兼好法師は、なかなか思いどおりには
いかない時代だからこそ
大切なことを見失わず素敵に生きられる
気持ちのありかたを記しました。

けろけろけろっぴと
『徒然草』の世界に飛び込んでみませんか。

あなたの中に眠る本音と向き合い、
心からときめくもの、
わくわくする生き方を見つけましょう！

KEYWORDS

15 心のなかのモヤモヤを文字にして、
ゆっくり考える。そんな時間を持とう。

16 生まれ育った環境や容姿は変えられないけれど、
内面はいつでも変えられる。

17 うまくいかないときは、
ちょっと足を止めて心身を休めよう。

18 いまあるものを大切にしよう。
ずっと長く使い続けよう。

19 誰かを好きになると毎日がワクワクする。

20 人生は思ったよりも短い。
小さな楽しみや喜びをたくさん見つけよう。

21 毎日、きちんとした身だしなみを
心がけよう。

22 ひとつのことで頭がいっぱい！
そんなことにならないよう、冷静さも忘れずに。

23 すっきりした部屋で、気持ちよく暮らそう。

25 100人いれば100通りの考え方や価値観がある。
だから人間はおもしろい。

26 名作とじっくり向き合う時間を作ろう。

27 旅に出て、身も心も軽やかに。

28 余計なものやプライドはできるだけ持たない。

29 お花見や海水浴。
大人になっても、季節の行事を楽しもう。

30 成功した体験、
楽しかった出来事はなかなか捨てられない。

31 「なんだか疲れたな〜」
そんなときは散歩に出かけてみよう。

32 きちんとした言葉遣いは大人のたしなみ。

33 予測不可能な未来に
ジタバタしてもしようがない。

35 いつも気持ちよく、丁寧なお付き合いを。

36 たとえ離れてしまっても、一緒に過ごした時間、
思い出は消えることがない。

37 ちょっと苦手な人にも勇気を出して、
声をかけてみよう。

38 過去と静かに向かい合う。
   たまには立ち止まってみる。

39 お世話になった人、
   大切なあの人への感謝の気持ちを忘れずに。

40 人の評価を気にして、
   一喜一憂するのは、むなしい。

41 命は、はかないもの。それを忘れずに。

42 先手必勝。やる気が失せてしまう前に、
   いますぐスタートしよう。

43 どんなことにもプロはいる。
   妙なプライドは捨てて、教えてもらうこと。

44 自分中心の話ばかりではなく、
   相手の話にも耳をかたむけて。

45 何か目標ができたら、
   それに専念できる環境に身を置こう。

46 知っているふりは恥ずかしい。

47 余計なものを溜めず、スッキリ暮らそう。

48 違和感があるときは、
本当にそうなのか自分の頭で考えること。

49 一人の時間だからこそできることもある。
積極的に「孤独」になろう。

51 人を羨ましく思うのは当たり前。
どんどん真似して成長しよう。

52 不確かな情報やウワサは
軽々しく口にしない。

53 内輪受けはマナー違反。
みんなが楽しめる話題で盛り上がろう。

54 優れた人ほど自分の能力を過信しない。

55 完璧すぎるより、
未完成のほうがおもしろい。

56 一生付き合えるような
上質なものを身に着けよう。

58 明らかな「嘘」でも、
思いこみがすぎると「真実」に見えてしまう。

59 最高の一日になるか、
最悪な一日になるかは自分次第。

60 「もう後がない」と、とことん追いこんで、
集中力を高める。

61 喜びや楽しみは案外近くにある。
平凡な毎日を、味わおう。

62 お金は使うもので、使われるものではない。
お金とうまく付き合おう。

63 ずっと同じ場所にいると気づかないことがある。
相手の立場で考えてみよう。

64 本質を見極める目を養おう。

65 ぶつかることを恐れず、本音で話そう。

66 人はそれぞれ感じ方や求めるものが異なる。
批判せず、違いを認め合おう。

67 一生は一瞬一瞬の積み重ね。
充実した未来のために、わずかな時間も大事にしよう。

68 「もう大丈夫かも」
その気のゆるみが失敗を招く。

69 身の丈にあった生き方が
いちばん素敵に見える。

71 勝とうと思わず、負けないようにする。

72 やりすぎると逆効果になることもある。

73 多くを欲しがらず、あるもので間に合わせる。

74 身体の傷より、心の傷のほうが治りにくい。

75 他人と比べてばかりだと
いつまでも満たされないまま。

76 勝ちがずっと続くことはない。
引き際を間違えないこと。

77 自分の道に専念して、いつも心穏やか。
それが理想的な生き方。

78 友だちになりたい３つのタイプ。

80 友だちになりたくない７つのタイプ。

82 地位や権力がある人より、弱い人や困っている人に
手を差し伸べられる人を尊敬したい。

83 食べることは、生きることの基本。

84 他人より勝るためではなく、
成長するために自分を高めよう。

85 みんながハッピーでいるために、
できることから始めよう。

86 他人を評価する前に、自分のことをふりかえる。

87 毎日使うものは奇抜なものより、
心地よいものにしよう。

88 どんなことも、
始まりと終わりがあるから美しい。

90 必要なもの以外はあまり持たない、残さない。

91 思いこみや先入観が、あなたの世界を狭くする。

92 上達したいなら恥を捨てて、人前に出よう。

93 「好きなこと」は仕事にしなくても、
ずっと楽しめる。

94 人生は何があるかわからない。
絶対にやりたいことは、いますぐ動き出そう。

96 集中するときは、誘惑を遮断すること。

97 ウワサ話や悪口は損はしても得にはならない。

98 どんなものでも、永遠に続くとはかぎらない。

99 うぬぼれは災いのもと。
自分の「長所」なんて忘れてしまおう。

100 完璧すぎるより、
少しスキがあるくらいがちょうどいい。

101 よそ見ばかりしていると
目の前のチャンスに気づけない。

103 ほどよい距離感をたもって、
ずっといい関係でいよう。

104 年を重ねることにも意味がある。

105 お金の使い方に、その人の本質が見える。

106 素人は「恐れ」を知らず、その道の達人ほど用心深い。

107 プロとアマチュアは別物。
その道を極める人は、普段の生活から違っている。

108 人からバカにされても、気にしない。
目標だけを見つめよう。

109 「人生は一日だって思いどおりにいかない」
そう思えたら楽になる。

110 ずっと一緒にいることが愛情だとは限らない。
少し距離をおくことも必要。

111 どこで誰に会うかわからない。
ホッと心がゆるんだときも、身だしなみは整えて。

112 自分の専門外のことは他人と争ってはいけないし、
口も出さないこと。

113 知識や経験は自分を守ってくれる。
嘘を見抜く目を養おう。

115 期待どおりにいかなくても、心を広く持って、
のんびり構えよう。

116 お金に縛られることから自由になろう。

117 最良の条件がそろわなくても引き受け、
結果を出すのがプロの仕事。

118 知恵をしぼって、
いまある環境を最大限に生かそう。

119 「さりげない」おもてなし、
気遣いのほうがかっこいい。

120 自分を大きく見せようとするのは、
まだ未熟だから。素直なほうが成長できる。

121 人間関係のトラブルで
困らないための3つの法則。

122 忙しいとつい先延ばしにしがち。
一生のうちにできることは、そんなに多くない。

124 誰かに何かを尋ねられたら、
わかりやすく丁寧に答えよう。

125 「偉い人」の話でも、
さまざまな角度から冷静に判断しよう。

126 幸せになるために
たくさんのことを求めすぎない。

心のなかのモヤモヤを文字にして、
ゆっくり考える。
そんな時間を持とう。

モヤモヤして心を支配しているなにか、
日々の暮らしのなかでわきあがる感情。形
のないものを文字にすることで初めてわか
ることがある。本当の気持ちに気づくはず。
つれづれなるままに、日暮し硯に対ひて、心に映りゆくよしなし
ごとを、そこはかとなく書きつくれば、あやしうこそ物狂ほしけ
れ。〈序段〉

生まれ育った環境や容姿は変えられないけれど、内面はいつでも変えられる。

愛嬌があって楽しい人、話題が豊富な人、思いやりのある人とは、ずっと一緒にいたくなる。容姿は変えられないけれど、性格や内面は「変わろう!」と思えば、いつからでも磨くことができる。

品貌(しなかたち)こそ生れつきたらめ、心はなどか、賢きより賢きにも移さば移らざらん。〈第1段〉

うまくいかないときは、
ちょっと足を止めて
心身を休めよう。

悲しいことや辛いことに打ちのめされて、立ち直れない。そんなときは、無理に頑張らないで「充電期間」にしよう。おいしいご飯を食べて、好きな音楽や本と一緒に、のんびり過ごそう。

配所の月、罪なくて見ん事、さも覚えぬべし。〈第5段〉

いまあるものを大切にしよう。
ずっと長く使い続けよう。

流行に左右されて、新しいものを買ったり捨てたりを繰り返していると、むなしさしか残らない。自分が心地よいと感じるもの、本当に必要なものだけを選ぼう。素朴なものほど愛着がわく。

「おほやけの奉り物は、疎(おろ)そかなるをもてよしとす」〈第2段〉

誰かを好きになると
毎日がワクワクする。

恋をすると、切なくなることや悩むこともある。でも毎日にハリが出るし、やる気がわいてくる。仕事ばかりに没頭していないで、外へ出てみよう。人生が豊かになるし、素敵な人に出会えるかも。

露霜にしほたれて、所定めず惑ひありき、親の諫、世の謗(そしり)をつつむに心のいとまなく、あふさきるさに思ひみだれ、さるは、独寝がちに、まどろむ夜なきこそをかしけれ。〈第3段〉

人生は思ったよりも短い。
小さな楽しみや喜びを
たくさん見つけよう。

人生はいつか終わりがくる。だから、一日一日が大切になる。いつの日かふりかえったとき、過去を悔やんだり執着するより「あー、楽しい人生だった！」って心から満足できる日々にしよう。

世はさだめなきこそいみじけれ。〈第7段〉

毎日、きちんとした 身だしなみを心がけよう。

さっぱりした肌に、清潔な髪。シワが入っていない洋服。身だしなみが整った人には、男女問わず好感を抱くし、さわやかな色気も感じさせる。慌ただしい朝こそ、チェックを忘れずに。

手足はだへなどの、清らに肥え脂づきたらんは、外の色ならねば、さもあらんかし。〈第 8 段〉

ひとつのことで頭がいっぱい！
そんなことにならないよう、
冷静さも忘れずに。

たとえば恋をしたり、何か、ひとつのことだけに気を取られると、他人にぞんざいな態度をとったり、仕事でミスをしたり、いいことがひとつもない。余裕のなさは周りも気づくし、悪い評価にもつながる。

みづから戒めて、恐るべく慎むべきは此の惑ひなり。〈第9段〉

すっきりした部屋で、
気持ちよく暮らそう。

家には、そこで暮らす人の人柄や考え方があらわれる。狭い部屋でも、心地よく感じるレイアウトに、高価じゃなくてもお気に入りの家具があれば、世界中で一番安らげる場所になる。

よき人の、のどやかに住みなしたる所は、さし入りたる月の色も、一きはしみじみと見ゆるぞかし。〈第10段〉

100 人いれば 100 通りの 考え方や価値観がある。 だから人間はおもしろい。

仲の良い友人と価値観や考えが違うと少し寂しい。でも、もし相手が気を使って、なんでもかんでも自分の意見に賛成したらもっと孤独を感じるかも。お互いに考えを言い合える、そんな関係が一番いい。

つゆたがはざらんと対ひゐたらんは、独りある心ちやせん。〈第12段〉

名作とじっくり向き合う時間を作ろう。

名作や古典には、時代を超えて、心に響く言葉や物語がある。人気を博した旧作映画や、子どものころ繰り返し読んだ本。大人になってから触れると、別の気づきに出会えるかも。

ひとり燈火のもとに文をひろげて、見ぬ世の人を友とするぞ、こよなう慰むわざなる。〈第13段〉

旅に出て、
身も心も軽やかに。

国内でも海外でも、たまには旅に出てみよう。宿でゆっくりくつろぐのもいいし、知らない街をひたすら歩きまわるのもいい。日常から離れて気づくこと、得るものがたくさんある。

<small>いづくにもあれ、しばし旅だちたるこそ目さむる心ちすれ。〈第15段〉</small>

余計なものやプライドは
できるだけ持たない。

質素倹約に努め、偉業を成し遂げる——。
偉人と呼ばれる人物のエピソードによく出てくるけど、いつの時代も通用する。ムダなものを削ぎ落とすことで、大きな目標に立ち向かう力がわいてくるはず。

人は己をつづまやかにし、奢を退けて、財を持たず、世を貪らざらんぞいみじかるべき。〈第18段〉

お花見や海水浴。
大人になっても、
季節の行事を楽しもう。

年齢を重ねるほど、一年があっという間に感じるようになる。それは季節の変化に鈍感になっているからかも。「忙しい」なんて言わずに、どんどん外に出て、その季節ならではの楽しみを満喫しよう。

折節(おりふし)の移り変るこそ、物毎にあはれなれ。〈第19段〉

成功した体験、
楽しかった出来事は
なかなか捨てられない。

楽しい過去はずっと大事にしたくなる。だけど時間の流れは思った以上に早い。過去に執着したりこだわりすぎず、それはいまと未来の糧にしよう。

「此の世のほだし持たらぬ身に、ただ空(そら)のなごりのみぞ惜しき」〈第20段〉

「なんだか疲れたな〜」
そんなときは
散歩に出かけてみよう。

慌ただしい日が続くと、心が疲れてしまう。そんなときは、水辺や公園へ散歩に行ったり、ぼーっと夕日を眺めたりしよう。人混みから離れて、自然のなかにいると心が軽くなるよ。

人遠く、水草清き所にさまよひありきたるばかり、心慰む事はあらじ。〈第21段〉

きちんとした言葉遣いは
大人のたしなみ。

仕事相手や初対面の人と接するときは、言葉遣いに注意しよう。会話やメールで略語や若者言葉をいきなり使うことはつつしもう。少し古風かもしれないけど、丁寧な言葉遣いは信頼感を与えるよ。

何事も、古き世のみぞ慕はしき。今様はむげに賤しくこそなりゆくめれ。〈第22段〉

予測不可能な未来に
ジタバタしてもしようがない。

将来の見通しが立たないと、不安になる。だからって、臆病になって守りに入ったり、自暴自棄になったりするのは考えもの。どんな変化にも上手に対応する、強さと柔軟さを持とう。

よろづに見ざらん世までを思ひ掟(おき)てこそはかなかるべけれ。〈第25段〉

いつも気持ちよく、
丁寧なお付き合いを。

親しい友人や家族であっても、話を上の空で聞いたり不機嫌そうにしていたら失礼だよ。相手への心遣いは日頃の態度に出てしまう。ふだんから、他人への思いやりを忘れずに。

あとまで見る人ありとはいかでか知らん。かやうの事は、ただ朝夕の心づかひによるべし。〈第 32 段〉

たとえ離れてしまっても、
一緒に過ごした時間、
思い出は消えることがない。

大事な人との別れは悲しくて辛い。二人の距離は離れても、一緒に過ごした時間や勇気づけてくれた言葉は消えることはない。これからの人生もずっと支えてくれるはず。

なれにし年月を思へば、あはれと聞きし言(こと)の葉ごとに忘れぬものから、我が世の外(ほか)になりゆくならひこそ、なき人の別れよりもまさりて悲しきものなれ。〈第26段〉

ちょっと苦手な人にも
勇気を出して、
声をかけてみよう。

苦手な人でもくだけた会話をすると印象が変わる。先入観で決めつけるのはもったいない。いろいろな人と積極的にコミュニケーションをとろう。

うとき人のうちとけたる事など言ひたる、又よしと思ひつきぬべし。〈第37段〉

過去と静かに向かい合う。
たまには立ち止まってみる。

思いがけず、昔もらった手紙や写真が見つかると、懐かしくなる。過去の出来事や自分を思い出して、心静かに向かい合う。そういう時間も大切にしたい。

静かに思へば、よろづに過ぎにしかたの恋しさのみぞせんかたなき。〈第29段〉

お世話になった人、
大切なあの人への
感謝の気持ちを忘れずに。

学校の先生や職場の上司、先輩——。お世話になった方には、いつかは恩返しをしたい。たとえ忙しくても、ご無沙汰しているなら、一年に一回くらいは手紙やメールで近況を聞いてみよう。

今の世の事繁(ことしげ)きにまぎれて、院には参る人もなきぞ淋しげなる。かかる折にぞ人の心もあらはれぬべき。〈第27段〉

人の評価を気にして、一喜一憂するのは、むなしい。

社会的地位が高い人が優れているとはかぎらない。才能があっても埋もれてしまう人もいる。人の評価はつねに変化するもの。雑音には耳を貸さず、自分で決めたことを淡々とやりとげよう。

名利につかはれて、静かなるいとまなく、一生を苦しむるこそ愚かなれ。〈第38段〉

命は、はかないもの。
それを忘れずに。

平穏な日々が当たり前に続くと錯覚して、ニュースの事故や事件が遠い出来事のように感じてしまう。けれど突然の災害や事故と隣り合わせなのはみんな同じ。そのときに後悔しないよう、毎日を大切に。

「我らが生死の到来ただ今にもやあらん。それを忘れて、物見て日を暮らす、愚かなる事は、なほまさりたるものを」〈第41段〉

先手必勝。
やる気が失せてしまう前に、
いますぐスタートしよう。

物事をうまく進めるには、タイミングが重要。「気が進まない」なんて後回しにせず、やることの優先順位をつけたら、淡々と進めよう。完璧を求めないでまずは始めてみて、やりながら整えていけばいいんだ。

あやまりといふは、他の事にあらず、速かにすべき事を緩くし、緩くすべき事を急ぎて、過ぎにしことのくやしきなり。〈第49段〉

どんなことにもプロはいる。妙なプライドは捨てて、教えてもらうこと。

経験がないことを始めたときは、知っているふりをして、自己流でやろうとせず、詳しい人に話を聞くこと。相手が自分より年下だと恥ずかしいかもしれない。でも「聞くは一時の恥、聞かぬは一生の恥」。謙虚な気持ちこそ、成長の第一歩。

少しの事にも先達はあらまほしき事なり。〈第52段〉

自分中心の話ばかりではなく、相手の話にも耳をかたむけて。

今日あったこと、映画や本の感想、旅行の土産話——楽しかったことは誰かに話したくなる。でも自分のことばかり話題にしたら相手は聞き飽きるかも。「何か楽しいことあった？」と人の話もじっくり聞こう。もっと盛り上がるはず。

人の見ざまのよしあし、才(ざえ)ある人は、其の事など定めあへるに、おのが身にひきかけていひ出でたる、いとわびし。〈第56段〉

何か目標ができたら、
それに専念できる環境に
身を置こう。

何かを極めたい、上達したいと思うなら、それに集中できる条件を整えること。達成したいことを明確にして期日を設定するのもいい。人は誘惑に弱い。同じ目標をもつ人と競い合う環境を作るのもおすすめだよ。

心は縁にひかれて移るものなれば、閑ならでは道は行じがたし。
〈第58段〉

知っているふりは恥ずかしい。

特に詳しくもないのに、付け焼き刃の知識であれこれ語るのは恥ずかしい。そのことに精通している人が聞いたら、すぐに見破られてしまう。教わるつもりで、黙って相手の話に集中しよう。

すべていとも知らぬ道の物語したる、傍(かたはら)痛く、聞きにくし。〈第57段〉

余計なものを溜めず、スッキリ暮らそう。

物が散らかっていると、必要なものが見つからなくてイライラするし、片付けが嫌になる。「必要なもの以外は置かない」「使ったら元に戻す」この2点を守れば、整理しやすいし、気分もスッキリする。

賤(いや)しげなるもの。居たるあたりに調度(てうど)の多き。〈第72段〉

違和感があるときは、
本当にそうなのか
自分の頭で考えること。

世間で「正しい」と言われていても、見方を変えれば間違っていることもある。大事だと思うことは、周りの評判や意見をうのみにせず、自分で判断しよう。

とにもかくにも、虚言(そらごと)多き世なり。ただ常にある珍らしからぬ事のままに心得たらん、よろづ、たがふべからず。〈第73段〉

一人の時間だからこそ
できることもある。
積極的に「孤独」になろう。

一人になるのは、確かに怖い。でも相手に合わせて疲れるなら、一人で静かに勉強や読書、趣味に没頭してみよう。人の目を恐れず素直な感情と向き合う時間は未来の糧になるよ。

世にしたがへば、心、外の塵に奪はれて惑ひ易く、人に交はれば、言葉よその聞きに随ひて、さながら心にあらず。〈第75段〉

人を羨ましく思うのは
当たり前。
どんどん真似して成長しよう。

優秀な人を妬んで、足を引っ張っていたら
いつまでも成長できない。「どうしてこの
人はデキるのか?」。視点を変えて、見習
うべきところを探そう。良い面を真似して
いれば、いつか本当の実力になるよ。

下愚の性移るべからず。偽りて小利をも辞すべからず。かりにも
賢を学ぶべからず。〈第85段〉

不確かな情報やウワサは軽々しく口にしない。

秘密にされている話を聞きまわって、言いふらす姿は見苦しいし、信頼を失う。たとえ偶然耳に入ったことでも、不確かだったり、オープンになっていない話は、黙っていたほうがいい。

いろふべきにはあらぬ人の、よく案内知りて、人にも語りきかせ、問ひ聞きたるこそうけられね。〈第77段〉

内輪受けはマナー違反。
みんなが楽しめる話題で
盛り上がろう。

新しいメンバーが入ってきたら、自然に輪に入れるように配慮してあげよう。元からいる人にしかわからない話題で盛り上がって、新しくきた人を会話から置いてけぼりにするのは大人げないよ。

心知らぬ人に、心えず思はする事、世なれず、よからぬ人の、必ずある事なり。〈第78段〉

優れた人ほど
自分の能力を過信しない。

知識のない人ほど、もの知り顔で語りたがる。尊敬される人はよく知っていることでも、得意げに話さない。その分野に詳しい人ほど慎重にもなるし、質問されないかぎり、余計なことは言わないものだよ。

よくわきまへたる道には、必ず口重く、問はぬ限りは、言はぬこそいみじけれ。〈第79段〉

完璧すぎるより、
未完成のほうがおもしろい。

100％完成しているものより、どこかやり残しているくらいがちょうどいい。完璧すぎると窮屈に感じるし、それ以上の進化はない。手を加える余地があれば、時間をかけて作り上げていく楽しみも増える。

すべて何も皆、事のととのほりたるはあしき事なり。しのこしたるを、さて打置きたるは面白く、いきのぶるわざなり。〈第82段〉

一生付き合えるような
上質なものを身に着けよう。

洋服や時計や鞄など、身に着けているもので第一印象が変わってくる。高価でなくても品質がよくて似合っていることが肝心。無理のない予算内で心から気に入ったものを一つずつ揃えてみよう。

古めかしきやうにて、いたくことごとしからず、費えもなくて、
物がらのよきがよきなり。〈第81段〉

明らかな「嘘」でも、思いこみがすぎると「真実」に見えてしまう。

昔、お坊さんが夜道を歩いていると、何かが飛びついてきた。妖怪「猫また」だと驚きすぎて、川に転げ落ちてしまった。その正体はお坊さんの犬。思いこみがすぎると、いつもは冷静な人でも失敗してしまう。

「山ならねども、これらにも猫のへあがりて、猫またになりて、人とる事はあンなるものを」〈第89段〉

最高の一日になるか、
最悪な一日になるかは
自分次第。

占いで悪いことが書かれていると、落ちこんでしまうけど、占いの通りに物事が進むことなんてない。自分自身で一日をハッピーにしていこう。

吉凶は人によりて日によらず。〈第91段〉

「もう後がない」と、
とことん追いこんで、
集中力を高める。

チャンスは一回のほうが、力を発揮できる。
余裕があると緊張感が薄れる。でも後がな
いと思えば、本気になるしかない。自分を
追いこんで集中する、これが成功の鍵。

「初心の人二つの矢を持つ事なかれ。後の矢をたのみて、始めの
矢に等閑の心あり。毎度ただ得失なく、此の一矢に定むべしと思
へ」〈第92段〉

喜びや楽しみは
案外近くにある。
平凡な毎日を、味わおう。

生活がマンネリ化すると、刺激を求めて外への欲求が強くなる。でも外に何かを求めすぎないで、暮らしのなかにある喜びを大切にしよう。

人死を憎まば、生(しゃう)を愛すべし。存命の喜び、日日に楽しまざらんや。〈第93段〉

お金は使うもので、
使われるものではない。
お金とうまく付き合おう。

お金が十分にないと日々の生活が不安になるし、お金がありすぎても浪費をしたりして、トラブルを招く。知恵をしぼって、かぎられたお金を有効に使おう。くれぐれも、お金に振り回されないようにしよう。

其の物に附きて、其の物を費し損ふ物、数を知らずあり。〈第97段〉

ずっと同じ場所にいると
気づかないことがある。
相手の立場で考えてみよう。

豊かな人は貧しい人の辛さが、組織の上にいる人は下の人の不満がわからない。視点を変えて考えてみよう。それが思いやりというものだよ。

上﨟(じやうらふ)は下﨟(げらふ)になり、智者は愚者になり、徳人(とくにん)は貧になり、能(のう)ある人は無能になるべきなり。〈第98段〉

本質を見極める
目を養おう。

物の価値は、見た目だけでは判断できない。
美術館や史跡に足をはこんで、積極的に本
物に触れる体験をして知識と教養をたくさ
ん吸収しよう。

累代の公物、古弊をもちて規模とす。たやすく改められ難きよし、
故実の諸官等申しければ其の事やみにけり。〈第99段〉

ぶつかることを恐れず、本音で話そう。

当たり障りのない会話ばかりしていると、相手の本心が見えてこない。もっとお互いに理解しようとするなら、本音で話し合おう。核心をついた会話は感情を高ぶらせて、表情や言葉から本心が見えてくる。

たふとかりけるいさかひなるべし。〈第106段〉

人はそれぞれ感じ方や
求めるものが異なる。
批判せず、違いを認め合おう。

たとえば女性と男性では、同じことでも受けとり方に違いがある。意見が対立しても争わずに、まずは「別の見方があるんだ」と受け止めること。それから、お互いが納得する答えを見つけよう。

女の物いひかけたる返事、とりあへずよきほどにする男は、ありがたきものぞとて〈略〉。〈第107段〉

一生は一瞬一瞬の積み重ね。
充実した未来のために、
わずかな時間も大事にしよう。

一日のうち、仕事や家事、食事、睡眠などを除いた、本当に自由に使える時間はほんのわずか。その時間をぼんやり過ごすか、有効に使うかで、先の人生に差が出てくる。未来のために、いまを大切に過ごそう。

とほく日月を惜しむべからず。ただ今の一念むなしく過ぐる事を惜しむべし。〈第108段〉

「もう大丈夫かも」
その気のゆるみが
失敗を招く。

ある木登り名人が、木の上にいる新米の職人を見ていた。下りるときになって初めて「ケガに注意して、用心して下りろ」と声をかけた。達人は気のゆるみが大きなミスにつながることを知っていたんだ。

(略) 過ちは、易き所になりて、必ず仕る事に候ふ。〈第109段〉

身の丈にあった生き方が
いちばん素敵に見える。

若く見せようとしたり、お金がないのに贅沢な生活をしたり、必死に自分を飾りたてたりしている姿は、周りから見ると痛々しい。無駄な装飾は本来の良さを隠してしまう。ありのままの姿のほうが、魅力が伝わるよ。

大かた、聞きにくく見苦しき事、老人の若き人に交はりて、興あらんと物言ひゐたる。〈第113段〉

勝とうと思わず、
負けないようにする。

勝つことばかり考えていて、結局負けてし
まうことがある。それは、相手の手の内を
読もうとしないから。勝とうとはせず、「負
けない戦い方」をし続けること。負けない
でいれば、いつか勝ち上がれる。

勝たんとうつべからず。負けじとうつべきなり。〈第110段〉

やりすぎると
逆効果になることもある。

たとえば、他の店や商品との差別化を狙って、普通には読めない凝った名前をつけるよりも、「名は体を表す」というように、良い点をシンプルに表したネーミングのほうが、しっかり伝わるものだよ。

何事も、めづらしき事を求め、異説を好むは、浅才の人の、必ずある事なりとぞ。〈第116段〉

多くを欲しがらず、
あるもので間に合わせる。

緑色の絵の具を使い切って、買いに行きたいけど、外は台風で危険。そんなときは青色と黄色の絵の具を混ぜて色を作ればいい。だいたいのものは、手元にあるものを工夫すればなんとかなる。

唐土舟の、たやすからぬ道に、無用の物どものみ取り積みて所せく渡しもて来る、いと愚かなり。〈第120段〉

身体の傷より、
心の傷のほうが治りにくい。

心に受けた傷は目に見えないけれど、身体の傷より治りにくい。ずっと心の奥底に残ることもある。心の傷が健康な身体を損なう場合だってある。心ない一言が、相手の人生まで傷つけてしまう可能性があることを、いつも心に留めておこう。

身をやぶるよりも、心を傷ましむるは、人をそこなふ事なほ甚だし。〈第129段〉

他人と比べてばかりだと
いつまでも満たされないまま。

無理な理想や贅沢を求めすぎると苦しくなる。衣・食・住が満たされていて、元気に過ごせる毎日。単純だけど、それが一番の幸せなんだよ。

人間の大事、此の三つには過ぎず。飢ゑず、寒からず、風雨にをかされずして、閑に過すを楽とす。〈第123段〉

勝ちがずっと続くことはない。
引き際を間違えないこと。

どんなことでも一人勝ちが続いているときは注意が必要。負け続きの相手が起死回生を狙って、思わぬ反撃に出てくることもある。絶好調が永遠に続くことはない。いつも、物事の両面を見る冷静さを忘れずに。

博打(ばち)の負(ま)きはまりて、残りなく打ち入れんとせんにあひては、打つべからず。〈第126段〉

自分の道に専念して、いつも心穏やか。それが理想的な生き方。

自分のやるべきことだけに、朝から夜まで専念する。余計なことを考えないから、心穏やかでいられる。これこそ、理想的な生き方かも。

是法法師は、浄土宗に恥ぢずといへども、学匠を立てず、ただ明暮念仏して、安らかに世を過す有様、いとあらまほし。〈第124段〉

友だちになりたい
3つのタイプ。

こんな人とは仲良くしていたい。①物をくれる人。②医者。③頭のいい人。欲しいものを用意してくれて、病気になったら助けてくれる。そして何でも知ってる人。なんて、ちょっと欲張りすぎ？

よき友三つあり。一つには物くるる友、二つにはくすし、三つには智恵ある友。〈第117段〉

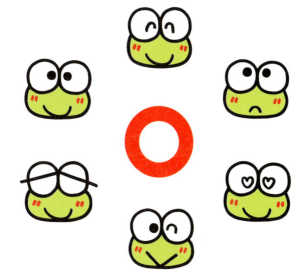

友だちになりたくない
７つのタイプ。

こんな人とは、付き合いにくい。①自分と
比べて、立場が違いすぎる人。②年が離れ
すぎている若い人。③病気しらずの健康体
の人。④酒好き。⑤ケンカっ早い。⑥嘘つ
き。⑦強欲で、他人の弱さに鈍感な人。

友とするにわろき者七つあり。一つには高くやんごとなき人、二
つには若き人、三つには病なく身強き人、四つには酒を好む人、
五つには武く勇める兵、六つには虚言する人、七つには欲深き人。
〈第117段〉

地位や権力がある人より、弱い人や困っている人に手を差し伸べられる人を尊敬したい。

どんなに立派な身分で仕事ができても、生き物をいじめるような人は信用できない。きっと立場の弱い人にも同じことをするはず。本当に尊敬できるのは、弱いものほどいつくしむ心を持っている人。

すべて一切の有情を見て、慈悲の心なからんは人倫にあらず。〈第128段〉

食べることは、
生きることの基本。

食べものは身体を作るために欠かせない。
健康で元気に過ごすために栄養バランスの
良い食事を心がけよう。楽しくておいしい
食事をすると身体も心もハッピーになるよ。

食は人の天なり。よく味を調へしれる人、大いなる徳とすべし。〈第
122段〉

他人より勝るためではなく、成長するために自分を高めよう。

競争を好む人には、相手が悔しがる姿を見て喜びたいという一面があるのかも。遊びでも度を越せば険悪な関係になる。人を負かして優位に立つことばかり考えないで、知識や教養を身につけよう。

物に争はず、己をまげて人に従ひ、我が身を後にして、人を先にするにはしかず。〈第130段〉

みんながハッピーでいるために、
できることから始めよう。

誰かのために借金をしたり、体調が悪いときに無理に仕事をしたり……。自分のできる範囲を超えていたら本末転倒。難しく考えずに、いまの自分ができる範囲のことを精一杯やろう。

己が分を知りて、及ばざる時は、速かにやむを智といふべし。〈第131段〉

他人を評価する前に、
自分のことをふりかえる。

自分自身のことを知らないで、他人を理解することはできない。容姿や内面、知性、人間関係……自分のふるまいが他人からどう見えているのか向き合ってみよう。他人のことを言うのは、それが終わってから。

賢げなる人も、人の上をのみはかりて、己をば知らざるなり。我を知らずして、外を知るといふ理あるべからず。〈第134段〉

毎日使うものは
奇抜なものより、
心地よいものにしよう。

個性的なデザインや輸入品。めずらしさに惹かれて手にしても、毎日使う生活用品や料理道具は使い心地が悪ければ意味がない。定番でも、平凡でも、毎日を快適に過ごさせてくれる品物を選ぶようにしよう。

世に稀なる物、唐めきたる名の聞きにくく、花も見なれぬなど、いとなつかしからず。〈第139段〉

どんなことも、
始まりと終わりがあるから
美しい。

満開の桜もきれいだけれど、膨らみ始めた
つぼみや葉桜も風情がある。いつも満開で
は感動なんてしない。「始まり」と「終わり」
にこそ味がある。だから、ひとときの盛り
上がりも心から楽しむことができる。

よろづの事も、始め終りこそをかしけれ。〈第137段〉

必要なもの以外は
あまり持たない、残さない。

余計なものを抱え込むと、それがトラブルのもとになる。本当に必要なもの以外は持たないで、できるだけ身軽でシンプルに生きていきたいよね。

朝夕無くてかなはざらん物こそあらめ、其の外は何も持たでぞあらまほしき。〈第140段〉

思いこみや先入観が、
あなたの世界を狭くする。

あの人は乱暴な言葉遣いだから近づかないとか、先入観で決めつけてしまうと真実がわからない。情報やイメージや他人の意見だけで決めつけず、自分の目で確かめよう。それから判断したって遅くない。

この聖、声うちゆがみ、あらあらしくて、聖教のこまやかなる理、いとわきまへずもやと思ひしに、此の一言の後、心にくくなりて、多かるなかに、寺をも住持せらるるは、かくやはらぎたる所ありて、其の益もあるにこそと覚え侍りし。〈第141段〉

上達したいなら
恥を捨てて、人前に出よう。

初心者は積極的にベテランに混じって練習しよう。上手な人と比較すれば改善点がわかるし、アドバイスだってもらえる。仕事も同じ。自信がない業務は進んでやろう。場数を踏めばうまく対処できるようになる。

上手の中にまじりて、そしり笑はるるにも恥ぢず、つれなく過ぎて嗜む人、天性其の骨なけれども、道になづまず、みだりにせずして、年を送れば、堪能の、嗜まざるよりは、終に上手の位にいたり、徳たけ、人にゆるされて、双なき名をうる事なり。〈第150段〉

「好きなこと」は
仕事にしなくても、ずっと楽しめる。

人には向き不向きがある。何年も続けている習い事を仕事にしたいと思っても、実現できないこともある。「仕事」になることで、大好きだったことが苦痛になるのは悲しい。趣味として一生楽しむのもいいものだよ。

ある人のいはく、年五十になるまで上手に至らざらん芸をば、捨つべきなり。励み習ふべき行末もなし。〈第151段〉

人生は何があるかわからない。
絶対にやりたいことは、
いますぐ動き出そう。

大事なことほど慎重になる。でも、明日、
とつぜん自分や家族が病気や事故にあうか
もしれないし、いまの生活がずっと続く保
証もない。どうしても成し遂げたいことが
あるなら、時期を待ってはダメ。

必ず果し遂げんと思はん事は、機嫌をいふべからず。とかくの
もよひなく、足を踏みとどむまじきなり。〈第155段〉

集中するときは、
誘惑を遮断すること。

勉強をするつもりでも、手元にリモコンがあるとついテレビをつけてしまう。人の心は、目の前にあるものに影響されやすい。集中するときは、誘惑になるものは目の前から隠してしまおう。

心は必ず事に触(ふ)れて来(きた)る。〈第157段〉

ウワサ話や悪口は
損はしても得にはならない。

会社の同僚や友だちといると、つい愚痴をこぼしてしまう。ほんの息抜きのつもりでも、エスカレートして、いない人の批判や悪口を言わないように気をつけよう。悪口はいつか自分に戻ってきてしまう。

世間の浮説、人の是非、自他のために、失多く得少し。〈第164段〉

どんなものでも、
永遠に続くとはかぎらない。

将来のためにいろいろ用意していても、頼りにしていたものが、何かの拍子で価値がなくなってしまうことだってある。一つのことに頼りすぎるのは危険。いざというときに最善の道を見極めて方向転換する柔軟さを持とう。

人の命ありと見るほども、下より消ゆること、雪の如くなるうちに、営み待つ事甚だ多し。〈第166段〉

うぬぼれは災いのもと。
自分の「長所」なんて
忘れてしまおう。

学歴や肩書、過去の栄光などは、忘れ去ったほうがいい。「他人より優れている」という慢心は、態度に出て周りの反感を買う。向上心を持ち、自分に厳しく謙虚な人は、災いを引き寄せない。

慎みてこれを忘るべし。をこにも見え、人にもいひ消たれ、禍をも招くは、ただ此の慢心なり。〈第167段〉

完璧すぎるより、
少しスキがあるくらいが
ちょうどいい。

一人でバリバリ仕事をこなして、休日出勤も嫌がらない。頼りがいがある反面、ちょっと近寄りがたいと思われているかも。たまには同僚に頼ったり、くだらない話をしたりしてみよう。

廃れたる所のなきは、一生此の事にて暮れにけりと、拙く見ゆ。「今は忘れにけり」と言ひてありなん（略）。〈第168段〉

よそ見ばかりしていると目の前のチャンスに気づけない。

他人のものが立派に見えたり、いまの仕事がつまらなく感じたり……。そんなふうに、自分の足元から目をそらして、余計なことばかり考えていると、小さな変化に気づけない。まずは足場をしっかり固めること。

よろづの事、外に向きて求むべからず。ただここもとを正しくすべし。〈第171段〉

ほどよい距離感をたもって、ずっといい関係でいよう。

用事が終わったあとに長居するのは避けたほうがいい。悪気がなくても、相手の都合を考えない行動は失礼。ずっと長くいい関係でいるためにも、スマートなお付き合いを心がけよう。

さしたる事なくて、人のがりゆくはよからぬ事なり。〈第170段〉

年を重ねることにも
意味がある。

若いときは徹夜を乗りきる体力や、失敗を恐れない行動力がある。年を重ねると、体力や行動力は失うかもしれないけれど、一方で経験や冷静な判断力、機を見極める慎重さや知識と知恵、他人の立場を考える寛容さを得ているはず。それは若さに匹敵する価値がある。

老いて智の若きにまされる事、若くして、貌(かたち)の老いたるにまされるが如し。〈第172段〉

お金の使い方に、
その人の本質が見える。

優れた経営者として尊敬を集める人のなかには、質素な生活をしている人も多い。どんなにたくさんお金があっても自分の欲望のためだけに使わず、ものを大切にすることを忘れない。そんな姿勢に人はついていくのかも。

世を治むる道、倹約を本とす。〈第184段〉

素人は「恐れ」を知らず、その道の達人ほど用心深い。

乗馬の名人は馬が厩舎から出てくるときの足元を見て、その馬のコンディションを細かくチェックするんだそう。気が立っていて危険だと判断したら、乗らないんだって。

道を知らざらん人、かばかり恐れなんや。〈第185段〉

プロとアマチュアは別物。
その道を極める人は、
普段の生活から違っている。

経験の浅いプロと経験豊かなアマチュアでも、圧倒的にプロのほうが優れている。プロは毎日練習を欠かさず技術を磨くけど、素人は気ままに練習しているだけ。プロとしての自覚は日常生活に現れるものだよ。

大方の振舞、心遣ひも、愚かにして慎めるは、得の本なり。巧にして欲しきままなるは、失の本なり。〈第187段〉

人からバカにされても、
気にしない。
目標だけを見つめよう。

絶対に成し遂げたいことがあるなら、周りを気にしている暇はない。事情を知らない人にバカにされても、恥ずかしくはない。「必要なことに専念して他は犠牲にする」そう覚悟して、目標到達を目指そう。

一事を必ずなさんと思はば、他の事の破るるをもいたむべからず。人の嘲りをも恥づべからず。万事に代へずしては、一の大事成るべからず。〈第188段〉

「人生は一日だって
思いどおりにいかない」
そう思えたら楽になる。

「今日中に絶対に終わらせるぞ!」と思っていても、なかなか予定通りにいかない。ペース配分を間違えたり、思わぬ邪魔が入ったり……。それは、人生も同じ。予定が狂っても、軌道修正する心構えがあれば大丈夫。

不定と心得ぬるのみまことにて、たがはず。〈第189段〉

ずっと一緒にいることが
愛情だとは限らない。
少し距離をおくことも必要。

好きな相手でも、ずっと一緒にいると嫌な面も見えてくる。義務感で一緒にいて疲れるくらいなら、少し距離をおいてみたら。一人の時間が充実すれば、相手にも余裕をもって接することができるはず。

よそながら、時々通ひ住まんこそ、年月経ても絶えぬなからひともならめ。〈第190段〉

どこで誰に会うかわからない。
ホッと心がゆるんだときも、
身だしなみは整えて。

昼間は気をつけていても、仕事が終わった夜は「もう帰るだけ」と髪形や服装がくずれたままっていうことはない？ そういう夜に限って、特別な人とばったり会うかも。気がゆるむときこそ油断は禁物。

さして異なる事なき夜、うち更けて参れる人の、清げなる様したる、いとよし。〈第191段〉

自分の専門外のことは
他人と争ってはいけないし、
口も出さないこと。

他人と比べたがる人は、自分の得意分野で比較しようとする。総合的に見れば相手のほうが上でも、たった一つのことで優越感を持つ。これは見当はずれで愚かなこと。

おのれが境界にあらざる物をば争ふべからず。是非すべからず。
〈第193段〉

知識や経験は
自分を守ってくれる。
嘘を見抜く目を養おう。

嘘を見破れない人にもいろいろなタイプがある。素直に信じこむ人、何も思わず無関心な人、他人が信じているから自分も信じる人など……。でも、どんなタイプの人でも知識や経験、相手の言動から、真実を見極められるよう努力をしよう。

達人の人を見る眼（まなこ）は、少しもあやまる所あるべからず。〈第194段〉

期待どおりにいかなくても、
心を広く持って、
のんびり構えよう。

アテが外れると腹が立つ。でも「うまくい
けばラッキー」程度に思っていれば、失敗
しても動じない。心に余裕を持とう。そう
すれば、人と衝突せず、行き詰まることは
ないよ。

よろづの事は頼むべからず。愚かなる人は、深く物を頼む故に、
恨み怒る事あり。〈第 211 段〉

お金に縛られることから
自由になろう。

「お金がないから何にもできない」と思って、資産を増やすことだけが一番の楽しみになったらむなしい。身体を壊すほど無理な節約をしたり、友だちとの交際費や趣味を楽しむことをやめるのではなく、使い道のバランスを考えて、お金に振り回されないようにしよう。

抑々人は、所願を成ぜんがために財を求む。〈第 217 段〉

最良の条件がそろわなくても
引き受け、結果を出すのが
プロの仕事。

名人の域に達している人は、道具が悪くても成果をあげる。他人や道具のせいにするのは、未熟な証拠。いつも万全な状態で仕事ができるわけじゃない。臨機応変に対応できる、それも重要な技の一つ。

呂律の物にかなはざるは、人のとがなり。器の失にあらず。〈第219段〉

知恵をしぼって、
いまある環境を
最大限に生かそう。

広い土地を持っていても、ほったらかしでは何も生み出さない。小さな土地でも耕して畑にすれば、収穫がある。限られた環境をうまく活用できるかは自分次第だよ。

少しの地をも徒らに置かんことは、益なき事なり。食ふ物・薬種などを植ゑ置くべし。〈第224段〉

「さりげない」おもてなし、気遣いのほうがかっこいい。

遊びにきた友だちに「あなたの好きなお菓子を用意したんだ」なんて言うよりも、相手を喜ばせるおもてなしや、機転を自然に利かせられる人のほうが、見ていて気持ちがいいよね。

人に物をとらせたるも、ついでなくて、「これを奉らん」といひたる、まことの志なり。〈第231段〉

自分を大きく見せようとするのは、
まだ未熟だから。
素直なほうが成長できる。

若くて経験が浅いと、自信のなさから自分を大きく見せようとする。それは先輩や経験者には見透かされている。間違ったときは、意地になって反論したりせず、素直な気持ちで教えてもらおう。

若き人は、少しの事も、よく見え、わろく見ゆるなり。〈第 232 段〉

人間関係のトラブルで困らないための3つの法則。

過ちを犯さないために、肝に銘じよう。①どんなことも誠実に対応する。②誰に対しても礼儀正しくする。③余計なことはしゃべらない。だいたいの失敗は、自惚れや人を見下した態度から生まれる。

よろづのとがあらじと思はば、何事にも誠ありて、人を分かずやうやしく、言葉少なからんにはしかじ。〈第233段〉

忙しいとつい先延ばしにしがち。
一生のうちにできることは、
そんなに多くない。

やりたいことがあっても「いつか良い時期に」と踏み出せないことはよくある。いざ病気で動けなくなったとき、何もできなかったと後悔しても遅い。人生は幻のようなもの。何をするのか、したいのか、考え続けよう。

如幻の生の中に、何事をか成さん。〈第241段〉

誰かに何かを尋ねられたら、わかりやすく丁寧に答えよう。

人から質問されたのに、自分は理解しているからといって「相手もこれくらい知っているはず」と、適当に答えるのは親切じゃない。手を抜かずに、きちんと詳しく教えてあげよう。

人の、物を問ひたるに、知らずしもあらじ。ありのままに言はんはをこがましとにや、心惑はすやうに返り事したる、よからぬ事なり。〈第234段〉

「偉い人」の話でも、さまざまな角度から冷静に判断しよう。

その道の専門家が紹介していると、よく考えればおかしいとわかることも「信用できる」と思いこんでしまうことがある。誰の言葉でも、無条件に信じるのは危険だよ。

「其の事に候ふ。さがなき童べどもの仕りける、奇怪に候ふことなり」とて、さし寄りて据ゑなほしていければ、上人の感涙、いたづらになりにけり。〈第236段〉

幸せになるために
たくさんのことを
求めすぎない。

人が幸福と不幸の間をさまようのは、苦し
みから逃げ、欲望を満たすことに執着する
から。欲望にはきりがないし、さまざまな
苦しみを招くもとにもなる。できるだけ欲
望から解放され、心おだやかに過ごそう。

とこしなへに違順につかはるる事は、ひとへに苦楽のためなり。

〈第 242 段〉